AF235593

Bibliografische Information der Deutschen Nationalbibliothek:
Die Deutsche Nationalbibliothek verzeichnet diese Publikation
in der Deutschen Nationalbibliografie; detaillierte bibliografische Daten sind im Internet über dnb.dnb.de abrufbar.

1. Auflage 2018

Herstellung und Verlag:
BoD – Books on Demand, Norderstedt

ISBN: 978-3-7528-0338-9

Rudolf G. Binding

Moselfahrt aus Liebeskummer

Novelle in einer Landschaft

Vielgenannt — kaum bekannt: das ist noch immer das Los des Flusses und der Landschaft. Man spricht den Namen der Mosel rasch und geläufig, zugehörig und vereinend mit dem des Rheines aus. Aber es liegt nur eine Gewohnheit, eine Oberflächlichkeit, eine wirklich falsche Vorstellung darin. Die Mosel liegt abseits. Auch ihre Schönheit, ihre Reize sind abseits. Fast könnte man sagen: fremd. Fein zart unmerklich ist ihr Zauber, den dennoch jeder Empfindende an sich erfährt. Er ist sanft aber sehr eigen. Er ist stark aber verhalten. Er ist eindringlich aber stille. Er ist licht aber gedämpft. Er ist tief aber ungewöhnlich. Er ist bestimmt aber nicht handgreiflich. Er ist unvergeßlich aber leicht.

Jede Landschaft, so scheint es, muß neu erobert werden von dem Geschlecht der Lebenden. Anders trügt sie. Nichts kann trügerischer sein als die Bilder und die Schilderungen die eine andere Zeit sich von diesem Fluß und Land gemacht hat. Das Mittelalter verwandelte die Landschaft um der Burgen und Mauern, der Wehr- und Wachttürme willen, die in den Anschauungen und im Leben der Menschen eine so große Rolle spielten, in einen Aufbau von Bastionen, die die Natur ihm zuliebe gleichsam anbot und ausgebildet hatte. Die Weinberge der damaligen Zeit sahen sicher nicht anders aus als die heutigen. Aber die Vorstellung übertrug den befestigten Charakter des Landes auf sie, und sie mußten darin mittun. Dann kam — viel später die Zeit der Romantik und forderte auch von der Mosel ihr Teil. In dieser Zeit sahen die nämlichen Berge und Hügel wilder zerrissener phantastischer romantischer aus als je. Die Vorstellung der Menschen, der Wunsch nach Romantik, war stärker als die Natur und sah einen Zustand in sie hinein, der über ihre eigenen Gefühle, aber nicht über das Gesicht des Landes bündigen Aufschluß gab. Jeder Hang wurde versteilt, jeder Felsbruch vergewaltigt. Ruinen »schmückten« das Land und wurden betont und vermehrt, wo irgend der Anblick es zuließ. Das Bild der Landschaft folgte der Neigung der Zeit. In ihren Veduten, zahllosen kleinen Stichen und Ansichten, die dem heutigen Besucher noch allenthalben in den altertümlichen Schenken, Häusern und Gaststätten begegnen, ist die wahre Landschaft kaum wiederzuerkennen. Wird man unserem Auge später einmal den Vorwurf machen, seine Sachlichkeit, sein Wirklichkeitssinn, seine Bescheidung habe der Landschaft gleiche Gewalt angetan?

Wie auch immer: die ganze Romantik der Mosel stammt aus dem romantischen Auge einer vergangenen Zeit. Die Mosel ist ehrlicher — nicht zu ihrem Nachteil. Ihr Zauber, ihre Schönheit sind größer und tiefer, sind wirklich die der Natur in Verbindung mit menschlichem Leben. Köstlicher und wahrer sprechen Land und Fluß, sprechen die Menschen zu uns; und wir wollen so zu uns sprechen lassen.

All das durchlief mich, den Wanderer, eilig wie ein Strom von Eindrücken, den man gierig in sich hineintrinkt um keinen zu versäumen. Kaum noch hatte ich die ersten Stationen, die ersten Strecken der Straße, die ersten Halte hinter mir. Ich sah das Tal, den Fluß, die Berge, die kleinen Orte, die Rebengelände nicht das erstemal. Aber alles schien dichter, schimmernder, wahrer. Es war mit einer sanften Gewalt erfüllt — wie mit einer neuen, wahrhaftigeren Substanz, einem volleren Gehalt. Ich suchte nichts. Ich begehrte nicht mehr als mit einer Landschaft allein zu sein — wie mit etwas sehr Einfachem: mit einem Quell oder einer Wahrheit. Nun ereiferte ich mich für sie. Mit keinem anderen Fluß unseres Vaterlandes, sagte ich mir, ist die Mosel zu vergleichen. Sie ist landschaftlich westlicher, man möchte ruhig

sagen: französischer als alle. Sie ist sehr anders ge-
artet als der Rhein, mit dem sie so häufig verglichen
wird als sei sie ein »kleiner Rhein«. Wo er erregt, da
beruhigt, beglückt sie. Wo er Sehnsüchte weckt, da
bringt sie Erfüllung. Wo er berauscht, macht sie gefaßt. Wo er ins Weite treibt, da schließt sie ab. Wo
er überschwenglich wird, da hält sie inne. Wo er
heldenhaft eine breite Ebene und die Gebirge weit-
hin beherrscht, die Landschaft bestimmt und sich
in unablässigem Lauf unterwirft, da geht die Mosel
ein Bündnis ein. Die Züge des rheinischen Schiefer-
gebirges stellen sich ihr quer in den Weg. Wenn sie
einst mit Gewalt durch die vielen Riegel der gleich-
förmigen Geschiebe brach, so war es doch mehr List,
die sie schlangengleich in vielfachen Schleifen zum
Ziele führte, als siegreicher Durchbruch. Immer hält
sie wieder an sich, umgeht, fließt fast zurück zur Stelle des letzten Ausbiegens, begnügt sich mit Windung
nach Windung zwischen dem verworfenen Getäfel,
bis sie nun in einem beruhigten, belebenden Gleich-
gewicht mit den Elementen ruht. So wenig sie fehlen
darf zwischen den wechselnden Hängen der Reben,
die bald rechts, bald links, bald auf beiden Seiten sie
begleiten, so wenig bestimmt sie. Rebland mit Fluß,
Fluß mit Rebland in gleicher Geltung, bis weit hinauf,
wo waldige Kämme die Terrassen der Berge überzie-
hen. Diese stehen, Kulisse hinter Kulisse, oft mit den
schmalen Seiten der Schieferzüge gegen den Fluß-
lauf. Dann ist wirklich der Schiefer zerrissen. Fel-
siges steiles Gebröckel, glänzend und lose, umgibt
die Wurzeln der Reben. Man schmeckt den Schiefer
im Wein, man atmet ihn in der Luft, man riecht ihn
nach flüchtigem Regen, wenn die Sonne die porösen
Schichten eilig trocknet und das samtene metallene
Grau wieder aufblitzt unter den Rebstöcken, als ob
die Trauben auch vom Boden noch die zurückge-
worfenen Sonnenpfeile aufzusammeln hätten —

Ich beschwichtigte mich wieder. Alles um mich war warm und still. Es umgab mich und hielt mich.

Wollte man den Charakter der Landschaft bezeichnen, so könnte man kaum von mehr sprechen als von leichter Ruhe, ruhiger Leichtigkeit. Und das ist viel. Legte man die beiden Charakterelemente der Leichtigkeit und Ruhe in zwei Waagschalen, sie würden sich aufheben. So sind sie gemischt zu einer bezaubernden Grazie, Reinheit und Bekömmlichkeit. Ihr Ausdruck sind der Mensch und der Wein dieses Landes.

Wein ist Denken und Tun, Wein ist Wachstum und Wohlstand, Wein ist Sorge und Genuß der Menschen. Er ist allein sichtbar und fühlbar. Er ist Rede und Antwort, Trank und Geschäft. Wo am Rhein Verkehr Schiffahrt Industrie sich zeigen und zu gewaltigem Bilde steigern, wechselt im Moseltal Weindorf und Weinberg in unaufhörlichen feinen Schattierungen Eigentümlichkeiten und Überlieferungen. Jeder Wein jedes kleinen Ortes hat seine sorgsam bewahrte Ehre. Gleichen sie auch einander in dem kühlen stahlig-schieferigen Untergrund, den sie auf der Zunge nicht verleugnen (wie wenn man wieder als Schulknabe an seiner Schiefertafel leckte), so ist doch in jedem Naß, das sie darbieten, nach wechselnden Namen und Lagen ein besonderes Stück von Unnachahmlichkeit, von Lust an eigener bestimmter Art, vom freimütig Bäuerlichen bis zur höchsten Feinheit adeliger Zucht und Genußkultur.

Der Wein hat die ganze Mühe und Kraft, ja selbst die Andacht dieser Menschen. Und dies nicht nur heimlich im kirchlichen Gebet. Ich sah einen Mann vor den sich weit erstreckenden Rebengeländen stehen, die nur zum kleinsten Teil ihm gehörten. Nun mußte es reifen. Die Reben standen in der Fülle. Er blickte über das gesegnete Land. Und inbrünstiger, andächtiger als dieser konnte keiner aussehen, keiner sprechen, denken, fühlen, als er ganz tief zu sich sagte: »Nur vier Wochen Sonne.« — Sein Auge wurde ein wenig feucht und sein ganzes Wesen schien in seinen Blick zu versinken.

Dort ringsum und allenthalben ist die Pflege der Weinberge mühsam. Steil und rutschig durch das Schiefergebröckel ist in den Bergen alles menschlicher Hand allein anvertraut. Während der Tiroler mit Ochsen- oder Pferdegespannen durch die Laubengänge der Reben pflügt, muß hier jeder Rebstock an die aufrechte Stütze einzeln hochgebunden werden, jede Düngung mit Menschenkräften herangeführt, jede Erdkrume mit Hacke und Schaufel gelockert und bereitet werden. Aber die Weinberge stehen in einer unvergleichlichen Pflege. Geordneter selbst als am Rhein folgen sich in den langen und längsten Hängen die Reihen der Reben bis zu der größten Parade, dem größten zusammenhängenden Weingebiet Deutschlands, zwischen Zeltingen und Bernkastel. Keine Unterbrechungen, keine Verschwendungen. Gleichgerichtet steht Armee neben Armee. Und wahrhaftig: wo die Toten in kurzen geraden Wegen unter den ausgerichteten Kreuzen auf dem Friedhof von Bernkastel zwischen den herandrängenden Weinbergen ruhen, ist es wie eine kleine unheitere farbige Spielerei zwischen dem heiteren Ernst des grünenden reifenden Lebens. So zusammengedrängt rings von Rebbergen hat jeder Ort seine Toten dicht bei sich. Der Tod braucht nicht viel Raum und die Toten keinen Schatten. Denn der Wein braucht Sonne.

Ich war von Koblenz, wo der Fluß in eng zwischen Berge eingeschobener Mündung sich in den Rhein ergießt, sachte heraufgekommen und machte in Cochem die erste Nachtrast. An manchem schmalen dörflichen Weinnest war ich schon vorüber, an zerfallenen Burgen und Schlössern. Orte mit oft einsilbigen, fremd anmutenden Namen tauchten auf und klingen nach. Keltische Laute sind in ihnen lebendig geblieben: Treis, Cond, Carden und weiter stromauf Alf, Reil und Cröv seien nur um dieser Laute willen genannt. Mit dem Ruhm ihres Weines würde man ihnen gerechter. Aber wer, wenn er nicht seine Wissenschaft und seine Einheimischkeit ausmachte, vermöchte jeden Wein zu kosten? — In Cochem nun zur Nacht wollte ich mir gütlicher tun.

Was zu trinken war, war bald entschieden. Die Wirtin beschied mich recht. »Was wollen Sie essen« fragte die Kellnerin. Ich sah mich, statt auf der Speisekarte, nach den Nachbartischen um, die auf der breiten, dem Fluß zugewandten Terrasse unter einem durchscheinenden Rebendache standen. »Was ißt die Dame dort, die allein an dem kleinen Tische sitzt« fragte ich. Sie erweckte mein Vertrauen. (Ich weiß nicht, ob ich schon beim ersten Blick bemerkte daß sie eine ganze Flasche Wein vor sich hatte.) »Moselaal blau« sagte die Kellnerin. »Also gut!« sagte ich, »Moselaal blau.«

Mein Vertrauen zu der Dame wuchs. Ich blickte anerkennend hinüber zu ihr. Das Gericht war ausgezeichnet. Es stand in besonderer Weise zu dem Wein. Der Fisch war in seiner Art ebenbürtig. Schlängelte er sich drunten nicht über den gleichen felsigen Schiefergrund wie droben die Reben? Er war jung und fest; er kam aus lebendigem Wasser; er roch und schmeckte nach Fels und lauterer Erde, nicht nach fetten Abwässern, Schlamm, Kanälen und Industrie. Ich verbeugte mich vor dem Aal.

Die Dame trank ziemlich rasch und still ihre Flasche, zahlte und ging schlafen. Ich trank bedächtiger. Der Wein schmeckte mir, der Fisch nicht minder, der Ort behagte mir, eine besondere Atmosphäre der Ufer, der kleinen Stadt in meinem Rücken schien mich einzuhüllen, ohne daß sie Aufsehens machte. Ich überdachte den Weg, den ich tagsüber gemacht. Nichts hatte sich herangedrängt. Man fühlte zwar am Anfang des Tals noch das Rheinische oder eine gewisse Rheinnähe in Menschen und Dingen — aber dann wurde alles ruhiger und ausgeglichener. Ich war es auch.

Am andern Morgen traf ich, vor den Gasthof tretend, die Dame, ohne die ich vielleicht gestern abend keinen Moselaal blau verzehrt hätte, eifrig und sachverständig an einem zweisitzigen schnittigen Auto hantieren, das schon auf der Straße stand. Wollte sie flußauf, flußab? Ich faßte sie das erstemal richtig ins Auge. Ein kleines, behendes, gedrungenes, sehniges Frauenwesen, gut gebaut, aber mit einem energischen, stummen, keineswegs hübschen, wenn auch nicht unangenehmen Gesicht. Sie war braungebrannt von Sonne, einfach und sachlich angezogen, von unbestimmbarem Alter, keinesfalls jung. »Merkwürdig« dachte ich, da mir ihre große Sicherheit auffiel. »Kleines Scheusal« übertrieb ich in Gedanken ein wenig, »beinahe etwas männlich.« Ich betrachtete sie. Da sah sie auf. Mein Gaffen schien sie zu belustigen. Sie strich mit dem Rücken der Hand eine beim Bücken vorgefallene Haarlocke zurück, richtete sich auf und lachte mich an. Sie lachte mich unverhohlen an —.

Ich muß ein sehr erstauntes Gesicht dazu gemacht haben. Denn nun lachte sie so —. Aber das war es gerade. Warum?

Ich *staunte* sie an. Denn so wundervolle Zähne, eine solche perlende, herrliche, geschwungene Doppelbalustrade eines Gebisses — was sage ich: einer Beißzange, hatte ich, soviel ich wußte, mein Lebtag nicht gesehen. Ein bläulich zarter Schimmer, fremdartig und geheimnisvoll, durchspielte das

Weiß. Wie eine Erklärung, eine Rechtfertigung, ein Triumph der Natur enthüllte sich plötzlich die Vollkommenheit dieses Mundes. Kein Zahn fehlte —: ich hätte es ungezählt beschworen. Die Frau bestritt mit ihrer Zahnherrlichkeit ihr ganzes Wesen, ihre ganze Schönheit. Das kleine Scheusal von vorhin war weggezaubert, in alle Winde geblasen, weggelacht, zur reizvollsten Häßlichkeit zerlacht, die man sich nur wünschen konnte. So stand sie vor mir.

Ich machte eine sehr ungeschickte halbe Verbeugung nach ihr hin und sagte wahrheitsgemäß: »Sie stören mich sehr nett in der Beschäftigung, Ihre Sicherheit zu bewundern.« — »So? Finden Sie?« sagte sie, und gleich zog sie die Lippen wieder fest um den schönen Schmelz ihrer Vollkommenheit. »Ich bin gar nicht so sicher heute« schloß sie bitter und drehte sich wieder dem Wagen zu, ihn auf seine Fahrtbereitschaft überblickend.

»Wieso?« fragte ich, »Sie machen einen sehr sicheren Eindruck in diesem Land. Ich habe gestern auf Ihre vermutete Vertrautheit mit dieser Gegend Moselaal blau gegessen wie Sie.«

»Ja, die Gegend kenne ich freilich — leider zu gut!« sagte sie und lachte bei den Worten des Bedauerns.

»Wie das? Gefällt sie Ihnen nicht?« fragte ich.

»Oh, doch — aber wenn ich eine Moselfahrt mache —. Ich fahre nämlich zu meiner Beruhigung.« Sie lachte wieder, als ob sie es halb und halb belustige, sich zu verraten: »Ich brauche Beruhigung; eine ruhige Heiterkeit, Leichtigkeit, gerade diese Geister brauche ich! — Nichts Lautes —.« Sie unterbrach sich. »Wenn *ich* nämlich meine Moselfahrten mache —« schloß sie wieder, ohne den Satz zu enden.

»Den Wein rechnen Sie auch zur Landschaft?« fragte ich, da ich mich der Flasche entsann, die sie so selbstsicher am Abend vorher leer getrunken hatte. »Ja, gewiß das. Er ist wie das Land. Das werden Sie bald merken. — Aber: Sagen Sie« fragte sie plötzlich, mich musternd, »fahren Sie herauf oder herunter? Flußauf könnte ich Sie schon ein Stück mitnehmen. — Es ist verrückt genug — aber ich bin völlig ungefährlich.«

»Nun? Und mich halten Sie *auch* für völlig ungefährlich?« sagte ich, in denselben Ton fallend und sehr gespannt.

»Ja« sagte sie, »wenn *ich* an die Mosel fahre —.« Sie nahm rasch und gewandt ihren Platz am Steuer ihres Wagens ein, ließ mir aber den Schlag zu dem Sitze neben sich offen. »Wissen Sie«, sagte sie, indem sie mich ehrlich und wie um Verständnis bittend ansah, »ich bin nämlich eine Zigeunerin; ich fahre eigentlich — aus Liebeskummer an die Mosel!«

Wie eine Zigeunerin sah sie nun freilich nicht aus, war auch sicher keine, sondern ein heißblütiges Geschöpf von irgendwoher, wo es solche geben mag. Sie mochte mir wohl nichts vormachen indem sie mich einlud. Nur zum Schein stellte ich mich ein wenig zögernd: »So? Und dafür soll ich also gut sein, die gedämpfte Begleitung zu Ihrem Liebeskummer abzugeben?« Sie wußte schon daß ich es nicht ernst meinte, daß ich mitkäme — gern und ganz; aber sie rutschte nun von sich aus um des Spieles willen ein wenig herüber und schlug die offene Tür mit kräftigem Griff ins Schloß. »Wenn Sie nicht wollen!« sagte sie.

Dies war die Kriegslage, als ich ruhig und ernst, während sie sich nicht im mindesten anschickte davonzufahren, von außen in den offenen Wagen zu ihr hineinsprach. »Darf man um Ihren Liebeskummer Cochem aufgeben?« fragte ich. »Ich kenne Cochem noch nicht.«

»Nein« sagte sie bewegt und plötzlich. »Keinesfalls!« Sie zog die Bremse fester, und heraus war sie wieder, neben mir auf dem Pflaster stehend. »Gehen wir durch Cochem; in einer kleinen Stunde fahren wir.«

Es ist nicht gleichgültig welche Menschen eine Landschaft anzieht. War sie, die jetzt neben mir ging, die einzige die ihren Liebeskummer hierher trug? Ich stellte mir vor daß vielleicht manche und mancher insgeheim, und sogar ohne es so genau zu wissen, um ähnliches an diese Ufer kam wie diese Frau. Es gibt heilsame Landschaften. Jedenfalls sah die Zigeunerin nicht danach aus, sich in den Fluß zu stürzen. Sie wollte sich heilen lassen. Nur der Rhein weiß von Bräuten zur Nacht, von Liebenden mit einem Todeskummer, unbezwinglicher Sehnsucht der Vernichtung, des Unterganges, des Sichverströmens. Aber hier: diese Frau schien Land und Fluß, Wein und Menschen, Luft und Licht als Gast zu bestätigen. Ich war ihnen dankbar schon im voraus.

Hineingerüttelt in jeden Spalt, den der Schieferfels des steilen Hanges bietet, angeschmiegt und aufgestützt auf jeden kleinsten Fleck, der Steinen und Balken Halt gibt, liegen die Häuser von Cochem über- und untereinander. Der kleine Marktplatz ist auch nur eine Beule, auf deren Mitte ein Brunnen fast den ganzen Raum einnimmt. Um den Berg herum gibt es einen bequemeren Aufstieg zu dem verlassenen Kloster, das natürlich die höchste Stelle innehat. Aber wir nehmen die gewinkelten Stufen und Stiegen. Bald überblickt man die steilen Schieferdächer der Stadt in allen ihren regellosen Lagen und Höhen zueinander. Das mildmatte Blau, das sonnenstumpfende und sonnendämpfende Matt dieser Dächer, das kaum eine Farbe, nur einen stillen Schein der Landschaft zugesellt, ist das Bestimmende aller Moselorte. Diese Einheitlichkeit, diese Geschlossenheit des Materials und seiner Verwendung ist Wohltat für Auge und Gefühl, ist fast Stil, und jedenfalls erprobte einfache Art. Rührend winzige Gemüsegärten bei den Häusern, oft hintenheraus in Höhe des Daches oder der Dachkammer, wo auf dem Raum eines Zimmers Kohl und ein paar Kräutchen gebaut und gehegt werden — nie ohne den Weinstock, der sich darüber am Berghang oder an der Grundmauer des oberhalb gelegenen Hauses emporrankt — und zwischen dem allen die schmalen und steilen Stiegen, die die Straßen ersetzen: das alles ist Cochem, das alles ist so manches Dorf und Städtchen den Fluß hinauf und hinunter. Das Fachwerk der Häuser ist dürftig: vornehmere Fachwerkhäuser sind selten, sind Sehenswürdigkeiten für Fremde, die Einzelheiten brauchen und die Landschaft nicht verstehen. Die Kirchlein stehen in ihrem bäuerlichen Barock ziemlich dürftig da. Keines durfte viel von den Andächtigen des Ortes erwarten. Nur die Bischöfe von Trier und die Klöster im Lande bezogen alljährlich ihre Weinernten von den Dörfern: zwei Fuder, drei Fuder — vom besten.

»Wieviel Uhr ist es?« fragte die Zigeunerin, als ich mich gerade mit einem kühlen Schauder einer schmalen künstlichen Tropfsteinhöhle oder -nische zuwandte, die ich vorher nicht bemerkt hatte. In ihrer künstlichen, mit einer kleinen Wasserleitung erzeugten Feuchte hielt sich ein hellblaues, blasses Marienbild auf: von modernster Glätte und modernster Gebräuchlichkeit. Es stand auf dem schönsten Punkt des Berges, die Welt zu seinen Füßen, und blickte traurig und schmerzlich aus dem ewig niederrieselnden Getropf in das Land. Rührend und kindlich war grünes leichtes Gerank außen über die Steinnische gezogen. Aber die Maria drinnen merkte nicht viel davon. Nur ein winziger blauer See von blühendem Immertreu, ein kleines blaues Pfützchen lag, ihr Vorbehalten, zu ihren Füßen.

»Trennen Sie sich nur! Wieviel Uhr ist es also?« rief die Zigeunerin eindringlicher. Ich überließ die Äußerung der Frömmigkeit vor mir sich selbst und zog die Uhr aus der Tasche, um ihr Bescheid zu geben.

»Ich trage nämlich keine Uhr« sagte sie, um sich zu rechtfertigen. »Man braucht hier keine. Man bleibt, wo man mag, und geht weg wann man mag. Alles geht langsam. Selbst die Eisenbahn von Bullay bis Trier hat die Geschwindigkeit einer Blindschleiche und macht sicher so viele Windungen wie eine solche. — Und überhaupt Uhren! Die Uhr bei der Frau ist wie der Kragenknopf beim Mann. Immer ist etwas Unangenehmes mit ihr los. Bald ist sie weg, bald bockt sie, bald ist sie zerbrochen — wie der Kragenknopf.«

Ich mußte lachen. »Sie machen aber doch im übrigen einen ganz geordneten Eindruck« sagte ich. »Jaa« — machte sie gedehnt, »aber Uhren lieben mich nicht. Da ist meine Grenze. — Auch kein Schmuck bleibt bei mir.« Ich blieb einen Augenblick stehen, um sie zu betrachten. Es war richtig. Sie bestätigte wieder die Gegend. Was sollte Schmuck hier? Er hätte Unruhe, einen falschen Ton, eine Ablenkung in die Landschaft gebracht.

Bald saßen wir unten im Wagen, der schon stromauf gerichtet war.

Es gibt nur die eine Straße an dem linken Ufer um den Crampen von Cochem herum, die fast in sich selbst zurückkehrende Schlinge des Flusses. Wenig Brücken, viele Fähren, immer sich gleichend im gleitenden lautlosen Gang hinüber, herüber: das sind seine Übergänge. Die Farbe des Wassers ist heugrün, matt, die blaugrünen Rebengelände spiegelnd, da und dort wie ein feiner glänziger Pelz. Ein, zwei bescheidene Dampfboote bilden den ganzen Verkehr eines Tages. Aber die lustigen kleinen Paddel- und Faltboote, weiß und gelb, sind hier um so ungestörter in ihrem Element.

»Valwig, Bruttig, Ellenz.« Die Zigeunerin nennt die Weinnamen. »Beilstein, drüben. Halt! Ein Judendorf.« Der Wagen steht. Die Fähre kommt herüber.

Der Fährmann — es ist als ob jede Fähre des ganzen gewundenen Flußlaufs von demselben Manne bedient würde, so sehr ist es immer der gleiche — nimmt fünf Pfennig für jedes Überholen und gibt mir, da ich ihm zwanzig für mich und die Zigeunerin gebe, wortlos zehn zurück. Drüben ist ein Dörfchen mit den engsten Gäßchen, deren natürliches Pflaster die Schieferstufen des Gebirges sind. Kaum zweihundert Seelen hausen seit Jahrhunderten in dem starren, unbeweglichen Kern von schiefergeschichtetem Gemäuer. Ausgetretene Schwellen, glattgeschliffen von nackten oder weichbeschuhten schleifenden Füßen, unheimlich anzuschauen, reden eine stumme Sprache. Ein Judenmädchen huscht unter rotschwarzem, krausem, dicklichem Haar wie unter einer Wolke mit scheuem Satz aus einer Tür in eine andere über die Straße. Auch auf der Fähre sind beleibte, plumpe, gutmütig-langsame jüdische Weiber, scheu und fremdblickend, als gehörten sie noch dem Mittelalter an, sichtbar geworden. Hier tragen sie vielleicht noch an dem Geschick ihres Volkes. Hier siedelten ihre Väter, aus allen anderen Orten der Umgegend immer von neuem ausgewiesen, unter dem Schutz des Burgherrn, dem sie in den Weinbergen fronten, seit langen Jahrhunderten. In jenen Jahrhunderten leben sie noch. Die Berge zwängen sie ein, wie von jeher; eher daß die Reben noch näher herangerückt sind. Was enthielt ihre Geschichte in Jahrhunderten mehr, als daß den Weinzehnten hier die Abtei Steinfeld erhob?

Eine verlorene Hoffnung nur verbindet sie mit der Gegenwart. Der Bau der Moselbahn sollte das Örtchen ergreifen. Schon war der Tunnel durch den Crampen geführt, da ward seine Mündung vermauert. Der Vertrag von Versailles verbietet die Fortsetzung des Werkes.

»Ist das der Platz, einen Liebeskummer zu heilen?«

fragte ich die Zigeunerin. Ruhe genug war hier. Sonne, Fluß, Rebengelände, eine lautlose Fähre, ein paar weiche Schritte von Haus zu Haus, ein reizendes Gasthaus, von einer üppigen jüdischen Wirtin aufs beste betreut; das waren die Aufregungen des Ortes.

Die Zigeunerin blinzelte. »Vielleicht das nächste Mal« sagte sie.

»So? Denken Sie schon an den nächsten Schmerz und an die nächste Heilung?«

»Ja« meinte sie treuherzig. »Sehen Sie: es begegnet mir ja doch immer wieder. Immer verliebe ich mich wieder. — Und dann habe ich Kummer.«

Wir setzten uns bei der hübschen Wirtin zu Tisch. (Drüben überm Fluß stand das Auto.) So aßen wir gemeinsam Moselaal blau und tranken den beweglichen rassigen Wein dieser Berge, als ob es so sein müßte. Beim ersten Glase sagte die Zigeunerin, indem sie es mir entgegenhob: »Ich wünsche mir, daß ich am Ende der Fahrt geheilt bin — und Sie dann liebeskrank.«

»Na« warnte ich, »wir werden doch nicht *beide* krank werden?«

»Ach nein!« erwiderte sie und sah ganz ernst in ihr Glas, bevor sie es plötzlich in einem großen Zuge mit wenigen Schlücken leerte, »das andere ist noch zu nah. Ja — wenn es nicht so nah wäre —.« Sie wurde nachdenklich. Plötzlich brach sie auf. »Kommen Sie« sagte sie, »ich muß den Wagen aus der Sonne fahren. Ihm wird sonst heiß.«

Der Fährmann setzte uns über, und die Fahrt ging weiter.

Das Volk dieser Landschaft hat eine ihm eigentümliche unbekümmerte Frömmigkeit. Ganz auf sich selbst angewiesen, vom großen Weg der Kunst am Rhein abgelegen, auf überlieferte Formen und Stile kaum angewiesen, in seinen Anschauungen bäuerlich und unbefangen, äußert sie sich weniger ergreifend als merkwürdig. Da ist denn vieles möglich was anderswo nicht möglich wäre.

Wenn auch die blaue moderne Madonna in der Tropfsteinnische über Cochem vielleicht noch anderswo sichtbar wäre, so ist wohl sicher Christus in der Kelter, in der Kreuzkapelle auf dem Berge des Weinortes Ediger, — wenn sich auch Wiederholungen fänden — in solcher winzerhaft-drastischen Gewalt eine ortseingeborene Vorstellung und diesem Lande allein gehörig. Christus steht, Hände und Füße vom Kreuze gelöst, aber mit Leib und Haupt noch kühn mit dem Kreuzesstamm verbunden, der von hinten ins Bild ragt: über der Kelter. Das Blut des Heilands fließt aus den Nagelwunden der Hände und Füße in die Kelter und mischt sich dem Wein.

Blut und Wein, so nahe zusammengebracht von der Kirche —: erst der Weinbauer dieses Landes ließ sie ganz zusammenfließen. Wie fern ist Mystik, wie fern Schwelgerei des Gefühls, wie fern Überschwenglichkeit. Erst ihm wurde es möglich und heilig, Blut zu keltern. Erst ihm ward Christi Blut dazu tauglich. Keine Transsubstantiation, in der sich Wein in Blut verwandelt. Keine Symbolik, keine Jenseitigkeit, keine Verhüllung. Blut wandelt sich in Wein — oh! es verwandelt sich nicht mehr. Ihm ist es erlaubt, Christi Blut zu trinken.

»Bremm, Neef, Aldegund, Alf« sagt die Zigeunerin mit den Pausen zwischen den Worten, die ihre Entfernung voneinander ausdrücken. Dann geht es auf einer öden Eisenschienenbrücke hinüber ans rechte Ufer: »Bullay, Merl, Zell« fährt sie in derselben Weise fort. »Traben-Trarbach: hier können Sie in Wein ertrinken — und der Tod schmeckt auch noch gut!« Was die Namen bedeuten: die Weinberge sagen es. Da und dort hält man an einem wohlhabenderen

Fachwerkhaus, an einem Kirchlein, das nichts verspricht und nichts hält, an einem Weinwirtshaus, wo ein neuer Name versucht wird — um seinen Geschmack, seine Art, um sozusagen den Ort auf die Zunge zu bekommen.

Was ist es mit dem Wein dieses Landes? Das ist die Frage. Hat die Zigeunerin recht? Ja, sie hat recht. Ich will ihn loben für all seine Lagen. Ich denke an ihn und sinne ihm nach, wie ich so an Weinberg und Weinberg vorüberfahre.

Der Wein macht nicht heiß. Er ist kühl und mundet. Er ist ohne Beschwer und Hinterhalt. Leicht, flüchtig, fein und hell — wie eine liebenswürdige frische Musik, die nachklingt ohne Körper und Gemüt zu belasten, — nimmt er kaum Besitz von dir. Er läßt sich genießen: das ist seine Ehre, das ist sein Ehrgeiz. Wenn der schwere Rheinwein wie flüssiges Gold in den Adern rollt und pocht, den Trinker beansprucht bis zu einem Taumel von Glück und Rausch in dem er stumm vor seinem Glase sitzt und sich und die Welt vergißt, vertauscht der Moselwein nicht heimlich zu seinen Gunsten die Gegenwart mit einer anderen Welt. Er geht dir nicht einmal nach. Er macht sich nicht wichtig; er gleicht darin dem Landeingeborenen. Glück und Rausch sehen anders aus in diesem Lande: ruhiger, stiller, bescheidener, weniger entrückt und entrückend; man möchte fast sagen: einfacher und sachlicher. Schwere Trinker, unergründliche Bäuche, unerschütterliche Kehlen, weinselige Zungen und Herzen in Permanenz: — es gibt sie hier wie dort, zu jeder Zeit und von Geschlecht zu Geschlecht. Sie gehören zum Bestand dieser Landschaft wie anderer Landschaften wo Wein wächst. Ja: sie haben etwas Ehrfurchtgebietendes in ihrer Sorge und Liebe zum Wein. Denn in die Sauflust mischt sich die Liebe: man weiß nicht, wo es beginnt. Gott hat viele Arten von Andächtigen. Es hieße Land und

Leute fälschen wenn man diese verschweigen wollte.

»Wenn der Wein nicht wäre, könnte ich's hier gar nicht aushalten« sagt ein trefflicher Weinbergsbesitzer, der früher die Welt gesehen und befahren hat. Und er erzählt von Wein und Jahrgängen, von Ernten und Mißernten, von früher und jetzt, von einstigem Wohlstand und heutiger Not. — »Aber wenn der Wein gut wird« sagt er, »kann man es wieder aushalten.«

Die Weinlesen sind froh, aber nicht laut. Die Leute der Mosel erkennen den Fremdling fast augenblicklich an der falschen Einstellung zu ihrem Land. Die Fremden erwarten vom Weinland und Weinvolk ein lautes Wesen, Ausgelassenheit, Übermut, wohl auch Derbheit und hitziges Blut. Sie glauben das alles zu finden, und daher bringen sie's mit. Auch die Winzerfeste sind mehr eine Vorstellung der Fremden als ein Brauch. Einzig an der Untermosel gibt es in guten Jahren richtige Winzerfeste.

Aber auf den schwarzen Layen (ley oder lay = Fels; Schieferfels), wo die Schieferscherben in der Sonne blitzen, wächst nicht jedes Jahr eine frohe Ernte heran. In kalten Jahren pflücken frostige klamme Finger oft genug steinharte Trauben von den mühsam gepflegten Bergen. Dann ist es sehr still im Lande. Ein herber (nicht derber) Scherz ist vielleicht alles, was sich durchbricht.

Nun sind wir bis zum Herz des Landes vorgedrungen. Das wohlhabende Bernkastel ist erreicht. Aber noch viele Namen sprach vorher die Zigeunerin, alle berühmt und viel genannt: Uerzig mit seinem Würzgarten, Kranklay (grandelay), Urglück, Pichter, Schwarzlay: ein ganzer Strauß von Würze, Blume und Erdduft; Zeltingen, Graach mit den volleren wuchtigeren haltbaren späteren Weinen der sogenannten I. Bonität. All diese Orte wären nichts ohne die Rebe. — Danach die endlose Parade, der Millionenaufmarsch, das große Heerlager des Weins, das schon eingangs erwähnt wurde.

Bernkastel bringt mir besonderes Beispiel für die unbekümmerte, fast gefühl- und gedankenlose Religiosität dieser Menschen bei. Aber man ist ihnen nicht gram darum. Weder Fanatismus noch Verzükkung, weder Vorbild noch eigentlich auch nur Bedacht hat das Kreuz aufgerichtet das dort die Straße hinauf- und *zugleich* hinabsieht. Es ist ein doppelseitiges, freistehendes Kruzifix. In zweifacher Gestalt ist der Leichnam am gleichen Kreuze sichtbar; zweifach an dem gleichen plumpen Stein ist Christus gekreuzigt. — Die Magdalena am Fuß des Kreuzes — sie weiß nicht mehr, zu welchem Leibe des Geliebten sie gehört. (Bezeichnet auf der augenscheinlich späteren Seite mit der Jahreszahl 1750.)

Ich bin etwas erschöpft und die Zigeunerin ist etwas müde. Nach mancher Rast und manchem Aufbruch, nach endlosem Schauen, nach vielerlei Wein wurden die Windungen des Flusses gleichförmiger. Die Weinberge verschoben sich noch, aber es waren immer die gleichen. Die Orte wechselten ihre Namen, aber nicht mehr ihr Aussehen.

»Fahren wir nach Trier« sagte die Zigeunerin und gab Gas.

Das Auge ruhte sich. Der Abend kam. Ich saß schweigend neben der Frau, die nur die Strecke der Straße zwischen den Lichtkegeln des Wagens in ihren scharfen und sicheren Blick nahm. Eine Stunde vor Mitternacht hielt sie vor dem besten Hotel Triers.

»Ich esse noch mit Ihnen zu Abend« sagte sie warm, als ob sie sich nun auf etwas besonders Nettes freue. Sie war wieder völlig munter, ebenso wie ich. »Es ist eben doch ein wohltätiges Land« rief sie noch auf der Treppe wie einen Dank.

Nach einer Weile, in der ich mich erfrischt und so weit es meine Wäschevorräte zuließen umgezogen hatte, kam sie herunter. Sie trug ein sehr hübsches halblanges Seidenkleid, das sie größer machte. Sie war eine vollendete Dame. Sie war weder geschminkt noch gepudert. Sie hatte kein Zigarettenetui und rauchte nicht. Sie trug keinen Schmuck — was alles ihr auch gar nicht anstand. Ich hatte alle diese angeblichen Zutaten und halben Notwendigkeiten zu einer Dame nie an ihr gesehen. Aber sie hatte eine Vorgabe gegen alle bestäubten, geschminkten, geschmückten, gemalten, gelangweilten Damen der Welt.

Ich sagte es ihr. Ich sagte ihr daß ich sie bewundere — »ich bewundere Sie, Sie kleines Scheusal« sagte ich, welches Wort sie mit ihrem Lachen und dem blitzenden Aufmarsch ihrer wunderbaren Zähne im Nu widerlegte —; ich sagte ihr also nochmals, ohne das Scheusal, daß ich sie bewundere, weil sie keinen Schmuck, keine Schminke, keinen Puder, keinen Spiegel, kein Zigarettenetui, ja nicht einmal eine Uhr in Anwendung bringe, gar nichts Künstliches — wie das Tal, das wir gemeinsam durchfahren hatten, — und daß ich es ihr danke, all das *nicht* sondern nur *sich* mir gegenüber in Anwendung gebracht zu haben.

Das Essen war längst beendet und abgetragen. Nur ein letztes Glas Wein stand vor ihr und vor mir.

»Sind Sie nicht wirklich wie die Landschaft, die Sie so sehr lieben — aber noch mit natürlichen, tätigen Vulkanen in der Tiefe?« fragte ich, da sie mir wirklich so vorkam.

Sie senkte bei meinen Worten die Augen. Weder ihr Alter noch die Sonnenfarbe ihres Antlitzes verhinderte sie, bis in die Stirn herauf zu erröten. Sie errötete freimütig. Sie versuchte nicht einen Augenblick, es zu verheimlichen oder darüber hinwegzugleiten.

»Sehen Sie« sagte sie aufblickend, fast vorwurfsvoll, als ob sie mir eine Schuld gäbe, »nun lasse ich mich schon wieder treffen wie von einer Liebeserklärung! Und das wollten Sie doch gar nicht?«

»Man weiß einer Frau gegenüber nie« sagte ich, »wie weit man davon entfernt ist.« (Ich wußte es wirklich nicht.)

Ich weiß nicht, ob sie bei diesen Worten unter dem Tisch leise und verhalten aufstampfte. Zugleich jedenfalls hatte sie, was ich noch nie an ihr gesehen, ein kleines Taschentuch hervorgezogen, es zwischen die Zähne geschoben, und biß nun zornig und an sich haltend darauf herum daß es knirschte.

In dieser Beschäftigung saß sie lange gesenkten Auges stille. Dann blickte sie mich offen an und reichte mir über den Tisch die Hand.

»Nein« sagte sie. »Ich habe mir geschworen, mich nicht so bald wieder zu verlieben. Diesmal habe ich zu große Angst. Und« fuhr sie lächelnd fort — es war das letzte Mal daß ich diese schönen Zähne sah — »ich könnte nicht einmal eine Moselfahrt mit meinem nächsten Kummer machen. — Sie wissen nicht wie das ist.«

Ich wußte es wohl. Ich ging nicht darauf aus, sie zu verstricken und an die Vulkane zu rühren. Sie kannte sich.

Ich machte mir einen Vorwurf, vielleicht in Worten etwas zu sehr mit ihr gespielt zu haben, als ich langsam mit dem Ende dieses Tages schlafen ging.

Am andern Morgen war die Zigeunerin verschwunden. Es war ganz nach ihrer Art, die Sentimentalität eines Abschieds zu vermeiden. Was sind Abschiede? Nie sagen sich die Menschen dabei was sie sich sagen wollen. Ich verstand sie. Sie blieb sich treu. Aber indem sie mir nicht nachzugehen strebte — wie die Landschaft und der Wein, die sie um deswillen liebte, — ging sie mir mehr nach in der Stadt, die mich nun umfing, als je eine Reisebekanntschaft, die ich gemacht habe. Hatte ihr Wunsch sich erfüllt? War sie geheilt? War ich verliebt?

Sie hatte den Schauplatz weggezogen, auf dem sich das zu erweisen gehabt hätte: ihre Gegenwart. Das entrückt freilich. Ich war allein in Trier! Hatte ich alles nur geträumt? — O nein! Sie hatte mir sogar ihren Namen genannt. Aber er war so ganz wesenlos in dem Erlebnis daß ich allein ihn für geträumt oder erfunden oder eingebildet zu halten geneigt war. Wie auch immer: sie hatte gesprochen und geendet und wußte nicht, wie unbeendbar sie hierdurch für mich wurde.

Und doch, als ich nun die Straßen der Stadt betrat, nahm ich sie eigentlich nicht mit herein; auch in Gedanken nicht. Ihre Gestalt, ihr Bild, unser Erleben gehörte ganz jener Landschaft, die wir mitsammen im wahrsten Sinne erfahren hatten.

Hier ist Trier. Die älteste Stadt Deutschlands — Das heißt viel. Drei Kulturen lagern hier übereinander — alle in Trümmer. Keltentum, Römertum, christliches Germanentum folgen einander in der Zerstörung. Keine Stadt der Welt hat solche Zeugnisse auf dem gleichen engen Grunde. Dieses römische Tor wäre nicht das gleiche in einer Ruinenstadt nur römischen Ursprungs. Hier steht es, die Porta Nigra, gen Norden gerichtet, der Eingang — nicht zu einer Stadt — der nördliche Eingang zu einem Reich, das einmal die Welt bedeutete. Kein anderes Reich hat je die Welt bedeutet.

Die Ansammlungen römischer Altertümer, römischer Kunst im Museum wirken erdrückend, steinern, tot. Kunst war nicht Roms Sache. Aber zu bauen wußten die Römer. Doch das wußten sie auch in Rom. Aber was an Triumphbogen Theatern Tempeln und Palästen dort steht oder verfiel: Rom hat keine Porta Nigra. Dieser Ausdruck, hier im Lande nordischer Notwendigkeiten und Derbheiten, ist einzig. Schön ist die Stadt im weiten Becken von Trier, aber ihre Größe ist in die Schwärze des Tores gehüllt.

Indes die Landschaft verläßt das Moselhafte. Die Abfälle des Randgebirges am linken Moselufer zeigen eine rote Erde. Nordfranzösische Juraschichten greifen weit herüber.

Als ich an einem der nächsten Tage mit der Bahn die Mosel hinabfuhr, wieder vorüber an vielen der Orte die ich stromaufwärts besucht, saß in der Ecke ein Mann der eifrig und froh in die Landschaft hinaussah. In den langen Tunnels sitzt er traurig. Aber sobald der Zug wieder ins freie Sonnenlicht kommt, glänzen seine Augen auf. Er mag wohl alle die Lagen und vielerlei Leyen kennen wo Wein wächst. Fast verliebt schaut er, unbekümmert um mich, der ich aus der andern Ecke des Wagens ihn beobachte, über die Weinberge. Und manchmal kommt eine kleine merkliche Erregung über ihn. Und dann geschieht es daß er, ohne den Blick zu verwenden, in die Westentasche greift und sanft und zärtlich einen Weinpfropfen aus der Tasche nimmt, um ihn verzückt an die Nase zu führen und ein Weilchen fromm daran zu riechen.

ÜBER ZEICHENSETZUNG

Über die Lese- oder Sinnzeichen die in der Schrift und im Druck benötigt werden einiges zu sagen, ist angesichts der erstaunlichen Gedankenlosigkeit und wirklichen Unsinnigkeit ihrer Anwendung, wie sie zumeist hierzulande geübt wird, wohl einmal am Platze. Man wird meinen man komme mit der jetzt geübten Zeichensetzung ganz leidlich aus und es sei recht unnötig daran zu rütteln. Aber rütteln wir einmal: vielleicht erweist sich manches in unserer Sprache durch diese Zeichensetzung verbarrikadiert, beengt und verschnürt, manches als wirkungslos oder vergewaltigt, und wenn man die Enge löst, Verschalungen, Latten und Scheidewände abschlägt, mag das Gebäude der Sprache reiner, freier, leichter und edler dahinter zum Vorschein kommen.

Die gesprochene Sprache bedarf der Zeichen nicht; die geschriebene bedarf ihrer in weit geringerem Umfang als sie jetzt – und zwar ausschließlich im Deutschen – angewendet und gelehrt werden. Die Pedanterie der deutschen Sprache, die viel weiter geht als man denkt, erstreckt sich auch auf die Lesezeichen. So viele unnütze Lesezeichen wie die deutsche besitzt keine andere Sprache der Welt. Indem der Deutsche vor jedes einen Nebensatz einleitende Wort (vor „daß, weil, der, die, das" usw.) ein Komma setzt, bezeichnet er eine schon durch diese Wörter selbst sich ergebende und bezeichnende Tatsache – daß nämlich hier ein Nebensatz beginnt – doppelt. Es wäre etwa so als ob man jeden von einer Landstraße abführenden Weg mit einem Wegweiser ohne Aufschrift bezeichnete nur um zu kennzeichnen daß da ein Weg sei. Wozu? Die französische, die italienische, die englische Sprache – um nur die uns bekannteren zu nennen – kennen (wie alle anderen) diese Überflüssigkeiten nicht und sichern gerade dadurch daß kein Komna gesetzt wird die enge sinngefällige Zugehörigkeit des zum Hauptwort oder Hauptsatz gehörenden Nebensatzes. Überdies ergibt sich aus dem Relativum, der Konjunktion nicht nur daß da ein Nebensatz beginnt sondern auch wohin er führt, wodurch das Komma erst recht unnütz und unsinnig sich aus nimmt. Gewiß gibt es Nebensätze die – etwa als Einschaltungen – vom Hauptsatz oder Hauptwort sinngemäß zu trennen sind und auch in der gesprochenen Sprache durch eine kleine Pause als Einschiebungen sinngemäß getrennt werden; aber im allgemeinen besteht eine völlig untrennbare Beziehung des Nebensatzes zu einem Hauptwort, welche enge Beziehung auch daraus erhellt daß die gesprochene Sprache an dieser Stelle keine Pause macht. Diese wesentliche und nahe Beziehung wird im Deutschen einfach schematisch durch die Vorschrift zerstört, ganz ohne Nachdenken über den Sinn dieser Maßnahme vor jedem Relativum, jeder Konjunktion usw. ein Komma zu setzen, also eine Trennung vorzunehmen, wo doch gerade diese Bezeichnungen andeuten daß hier nichts getrennt sondern im Gegenteil das eine auf das andere bezogen (Relation), das eine mit dem anderen verbunden (Konjunktion) sei. Demjenigen Leser der diesen inneren Zusammenhang empfindet erscheint das eingesetzte Zeichen wie ein Schlagbaum, ein Weghindernis das er erst beseitigen muß um zu der Zusammengehörigkeit zu gelangen die eigentlich ausgedrückt sein soll.

Man muß nicht denken daß die Forderung des Wegfalls unnötiger Zeichen lediglich eine Neuerungssucht, eine neue Pedanterie oder auch nur ein allein von den Neueren angewandter Gebrauch sei; nicht unsere Zeit (etwa Stefan George) will die Interpunktionslosigkeit einführen, die gute alte Zeit –

damit man sich wieder einmal auf sie berufe – auch Goethe läßt schon die Kommata wo sie nicht eine Notwendigkeit sind und vom Sinn gefordert werden fort (Weimarer Ausgabe). Nur: altschulmeisterlich denkende Herausgeber haben sie ihm allentalben später wieder hineinkorrigiert; als ob das gar nichts zu sagen hätte.

(Also etwa – aus Faust II : Ich fürchte daß er sich ergetzt. – Er ahnet nicht was uns von außen droht. - Sie wissen doch was keiner weiß. –

> Am Ende hängen wir doch ab
> von Creaturen die wir machten.

Wie sinnlos ist das Komma anderer Ausgaben; denn wir hängen nicht von Creaturen ab, die – nebenbei gesagt – wir machten, sondern eben von Creaturen die wir machten. Und so überall.)

Man macht sich aber heute nicht einmal ein Gewissen daraus, das Objekt eines Satzes von seinem Subjekt und Prädikat widersinnig durch ein Komma zu trennen. »Er sieht was keiner sieht«; »Er redet was er denkt«, das sind nicht zwei Sätze oder Haupt- und Nebensatz die man durch ein Komma zu trennen Anlaß hätte, sondern das ist in jedem Falle ein Satz und das Objekt bedankt sich dafür, nicht dabei sein zu dürfen.

Wenn man also die deutsche Sprache daraufhin ansieht was sie durch die Zeichensetzung die heute die allgemeine ist verliert, so wird man sparsam damit umgehen. »Die Sonne ist ein Gott der lacht« ist eine einheitliche Vorstellung deren Einheitlichkeit, Anschaulichkeit und Sinn vollständig zerstört werden wenn (wie die Schule vorschreibt) geschrieben wird: Die Sonne ist ein Gott, der lacht. »L'homme qui rit« ist der Titel eines Romans von Victor Hugo. »Die erste ernste Gefahr«, »Das große letzte Schweigen« ist etwas ganz anderes als »Die erste, ernste Gefahr« oder »Das große, letzte Schweigen«. Diese schöne und richtige Unterscheidung, die das gesprochene Wort leicht andeutet und sich bewahrt, soll durch eine sinnlose Zeichensetzung unmöglich gemacht und zerstört werden? – »Er stürzte weil er getroffen war«; dagegen wäre ganz sinngemäß: »Er stürzte, weil Müde beim kleinsten Widerstand stürzen, in das hohe dichte Gras«; wobei im ersteren Beispiel eine unmittelbare Folge erzählt, im zweiten eine allgemeine Begründung zum Ausdruck gebracht würde.

Ebenso sinnlos (im allgemeinen) ist die engstirnige Regel, es müsse vor »und« ein Komma gesetzt werden wenn das Subjekt wechsele, also zwei Sätze durch das conjunktive »und« verbunden sind. Wozu? Der zweite Satz führt sich mit seinem neuen Subjekt ja schon genugsam und selbständig ein. »Du bist der Herr und ich der Knecht« – in diese ganz besonders durch den Ausdruck gestraffte Beziehung bringt der Schulmeister die schematische Auflockerung und Trennung durch ein zerstörendes Komma.

Man wird vielleicht sagen, wir hätten die Regeln der Zeichensetzung, wie sie in den Schulen gelehrt, in Büchern und Zeitungen gehandhabt würden, nun einmal und das werde seinen guten Grund haben. Mit nichten! es hat einen sehr schlechten Grund. Es hat seinen Grund darin daß nach dem Dreißigjährigen Krieg, als beinahe jedes Gefühl für die Würde unserer Sprache und unseres Volkstums ausgelöscht war, die deutsche Schriftsprache den Kanzlisten anvertraut war und deren Sprache, als von den Höfen stammend, nach rechter Untertanenweise für die feinste, bei dem Fürsten wohl gelittene und anerkannte galt. Diese Sprachkünstler bauten die geschachtelten Sätze; und Schachteln brauchen Scheidewände.

Auch rein äußerlich ist ein von überflüssiger Menge der Kommata heimgesuchter Druck, wenn man diese kleinen Zeichen nur erst einmal recht entdeckt hat, ein wirklicher Greuel. Wie Ungeziefer, das sich dem arglosen Auge verbirgt, das aber wenn man es einmal ins Auge gefaßt hat überall erscheint, wimmeln diese Parasiten zwischen den Worten. Nur wer einen von ihnen gereinigten Druck als Gegenstück betrachtet, wird sehen welchem Augenfraß er für gewöhnlich ausgesetzt ist.

Mag man dies als Nebensache betrachten – hauptsächlich ist mir daß der Bau der Sprache ungehemmt sich aufrichte und daß die sinnvollen Worte die die Sprache selber erfand um sich zu gliedern nicht durch den Un-Sinn von Zeichen ersetzt oder verdoppelt werden die unfähig sind die Stelle eines Bauelementes zu vertreten. Fordern wir doch von dem Zeichen das zwischen den Worten steht daß es einem inneren Sinn der Rede diene; daß es in Anhalten, ein Trennen (,) eine Pause (;) ein Ende (.) eine Zusammenfassung (:) oder ähnliches nach dem Willen und Gefühl des Schreibenden bedeute. Ein Lesezeichen ist in Stilausdruck; nicht eine Gleichgültigkeit, eine Eselsbrücken oder ein Geländer das man einem Satzbau anlegen muß damit er nicht auseinanderfalle.

Die Schullehrer werden sich sträuben? – Sie sollten es nicht tun. Nichts wäre einfacher und sinnvoller als dem Schüler – statt eines »Normalreglements« das man nicht begreift sondern gefälligst auswendig lernen muß – zu sagen: wo du etwas trennen willst (oder wo etwas getrennt werden soll) setze ein Komma; wo du eine Pause im Satz machen willst und dennoch fortfahren setze ein Semikolon; wo du ein Ende machen willst setze einen Punkt; wo du etwas zusammenfassen willst setze einen Doppelpunkt.